바보의 세월

바보의 세월

발행일   2026년 3월 30일

지은이   김용재
펴낸이   손형국
펴낸곳   (주)북랩

출판등록   2004. 12. 1(제2012-000051호)
주소   서울특별시 금천구 가산디지털 1로 168, 우림라이온스밸리 B동 B111호, B113~115호
홈페이지   www.book.co.kr
전화번호   (02)2026-5777   팩스   (02)3159-9637

ISBN   979-11-7598-076-1 03810 (종이책)   979-11-7598-077-8 05810 (전자책)

작가 연락처 문의 ▸ ask.book.co.kr

전용 게시판에 문의를 남기시면 저자에게 직접 전달됩니다.

(주)북랩 성공출판의 파트너

북랩 홈페이지와 SNS에서 다양한 출판 솔루션을 만나 보세요!

홈페이지 book.co.kr   •   **블로그** blog.naver.com/essaybook   •   **출판문의** text@book.co.kr
카톡채널 북랩

김용재 시집

바보의 세월

버터 온 시간은 사라지지 않는다.
시가 되어 남는다.

북랩

시인의 말

　안녕하세요. 이제는 감히 시인으로 부르고 싶은 김용재입니다.

　신세계중랑장애인자립생활센터에서 '호주머니'라는 사업으로 『바보의 세월』이라는 제 시집을 내게 되었습니다.

　6년 전에 센터의 도움으로 『바보상자』라는 시집을 냈습니다. 그때까지만 해도 내 평생의 꿈이자 소원을 이루어서 지금 죽어도 원이 없었는데, 이렇게 두 번째 시집이 나오게 되어서 열 번 죽어도 좋습니다.

　그동안 도와주신 서지은 과장님, 송혜정 선생님, 센터의 모든 분들께 감사드립니다.

　특히, 제가 아프거나 외롭고 우울할 때 제 옆을 지켜 주신 저의 잔소리 천사님, 영남이 누나 진심으로 감사합니다.

　말하고 싶습니다. 시는 제가 죽을 때까지 쓰겠습니다. 모든 분들 감사드립니다.

2026년 3월 어느 날에 시인 김용재

목차

시인의 말 ... 5

제1부

갈대 ... 12
고통의 이름으로 ... 13
그냥 ... 14
내 머릿속의 지우개 ... 15
내 핸드폰 ... 16
내가 ... 17
별빛의 추억 ... 18
보고 싶다 ... 19
봄길 ... 20
새 ... 21
여자 친구 없는 벚꽃 ... 22
이제는 걱정 마세요 ... 23
한 모금 ... 24
해바라기의 사랑 ... 25
향기 속의 얼굴 ... 26
흰 나비 ... 27

제2부

겨울 허수아비 ... 30

그리움의 무게 ... 31

날고 싶은 마음 ... 32

네모 얼굴 ... 33

막걸리 한잔과 빈대떡 ... 34

바보의 세월 ... 35

비 오는 어린이날 ... 36

비 오는 추석의 밤 ... 37

빈센조 ... 38

사라져 버린 달력 ... 39

성탄절 ... 40

세발자전거 ... 41

시간의 행진 ... 42

악마 ... 43

오징어게임 ... 44

주막에서 ... 45

한 권의 책 ... 46

해피 엔딩 ... 47

호기심 ... 48

만약 내가 ... 49

제3부

1월의 봄 ... 52

가장 쉬운 일 ... 53

겨울을 부른 비 ... 54

고맙습니다 ... 55

그림자의 꿈 ... 56

길치 ... 57

꿈입니까 ... 58

누군가 보고플 때 ... 59

땡큐 잔소리 선생님 ... 60

또 하루 ... 62

모릅니다 ... 63

물어볼까요 ... 64

바보상자 2 ... 65

밤에 떠나는 열차 ... 66

밤의 메시지 ... 67

별의 기차 ... 68

보청기 ... 69

빛과 그림자 ... 70

사냥 ... 71

제4부

슈퍼 스타 ... 74

슬픈 인연 ... 75

오늘따라 ... 76

외로움 ... 77

우리는 가족 ... 78

우리들의 이야기 ... 79

원망 ... 80

장마 같은 가을비 ... 81

장미꽃 ... 82

조용한 새벽 비 ... 83

지금의 나 ... 84

하늘꽃 ... 85

허공 속의 꿈 ... 86

황금 마차 ... 87

응원글 1 ... 88

응원글 2 ... 90

응원글 3 ... 92

두 번째 시집이 나오기까지 ... 94

1부

갈대

갈대밭에서 보이는
수많은 갈대들
그 누가 말을 했을까
여자 친구의 마음은
바람이 부는 대로 흔들리는
갈대의 마음

그것을 보는 남자의 마음은
쑥대밭

고통의 이름으로

무엇이 슬프게 합니까
무엇 때문에 눈물이 강이 되고
눈물의 강이 하늘 바다가 되어
땅끝으로 떨어져 깨지는 고통을
만들어 놓았습니까

너는 눈물이 너무 많은 울보
강들이 바다에서 만나는 수평선 너머
혼이 된 님을 위해 울고 또 우는
사랑의 아픔으로 울고 있는
내 사랑 앞에서 그저 지켜볼 뿐

그냥

울어 달라고 하니

사랑해 달라고 하니

지금 지켜 달라고 하니

내가 할 수 있는 것

서서 지켜 줄 뿐

망부석이 되어

내 머릿속의 지우개

하늘은 쨍쨍하다
가끔 하늘 솜사탕만 흘러간다
하지만 내 몸과 마음은
천근만근 무거워지는 이유

가만히 누워서 벽에 걸린
엄마, 아버지 사진만
눈에 보인다
내가 누구인지도 모르겠다

지금 내 머릿속은
온통 혼란하고 깜깜한 암흑이다
누가 지우개로 내 어두운 머리를
깨끗한 하얀 종이로 만들어 봐라

내 핸드폰

심심한 이 밤에 마누라도 없는 할배가

무엇을 하고 놀까

인터넷 게임, 유튜브도 재미없다

밤하늘에 있는 별을 세면서 멍때리고 있다

내 핸드폰만 만지작거리고 있다

울지 않고 바보가 된다

너무 심심하다

하늘나라 천사가 된 옛 여친한테서

카톡 오기만 기다리고 있어도

허무한 밤하늘 위에 있는 숫자

내가

내가 받고 싶은 것
아무것도 없습니다

내가 주고 싶은 것
너무도 많습니다

사랑님을 위해 내가
너무도 가진 게 없습니다

오직 내가 드릴 수 있는 것
사랑하는 마음의 기도

죽도록 사랑합니다
내 영혼을 악마에게 팔아서라도

드리고 싶습니다, 내 모든 것을

별빛의 추억

오늘따라 밤하늘이

아름답게 느껴지는 이유

나도 모릅니다

추억 같은 불빛들이 쏟아져

흘린 눈물의 느낌

누구의 눈물이 이렇게

아름답게 빛나고 있나

하늘나라 멀리에서 옛사랑을 못 잊어

상처로 남은 직녀의 눈물 빛깔

보고 싶다

그녀가 보고 싶으면

손님도 없는 조용한 옛날 카페에서

그녀의 얼굴을 하얀 종이 위에 그려 본다

하지만 그릴수록 멀리 사라지는 추억의 그림자

다시 살리기 위해

검은 마법의 생명수를 마시고 있다

보고 싶다

내가 사랑했던 얼굴

봄길

아직도 겨울인 것 같은데
거리에 가로수마다 조금씩
꽃눈이 올라오는 것이 보인다

벗꽃이 피면 항상 떠오르는 기억
덕수궁 돌담길을 꽃 같은 여인과 같이
걸었던 추억

나는 바바리코트
그녀는 꽃무늬 원피스 입고
데이트했던 그 꽃길을

다시 한번 그 추억을 걷고 싶다

새

나는 새

날개가 없어 날지 못하는 새

그래도 날고 싶은 마음

아무리 땅바닥으로 떨어져

멍들고 아파서 괴로워도

하늘 높은 둥지 위에 계신

엄마 품속으로 날아서 가고픈

한 마리 불쌍한 꼬마 새

여자 친구 없는 벚꽃

몇십 년 만에 여의도에 갔다
벚꽃들이 장관이다
같이 간 사람들은 아름다운 장관에 넋을 놓았다

한때는 나도 검정 가죽 재킷 입고 사랑하는 그녀와
낮에는 꽃구경하며 데이트하고
밤에는 낮보다 더 뜨겁게 사랑을 했었다
지금은 벚꽃 같은 여자 친구도
내 치매와 같은 세월 속에서 서서히 사라지는
그림자일 뿐

슬픈 벚꽃 구경, 안녕

이제는 걱정 마세요

엄마 얼굴을 보았네
불효자식 어떻게 사는가
한 번 보러 오셨다고 하네
하늘나라에 가셨어도
편히 못 주무시고 계시는지
엄마 안색이 안 좋아 보였네

어미 먼저 좋은 곳으로 가서 미안하다
지금이라도 데리고 가 주세요, 떼쓰고 싶지만
엄마, 이제는 좋은 사람들과 행복하게 살고 있습니다
이제는 걱정 마세요, 이다음에
슬픔과 같은 눈물로 뵙지 말고 행복한 미소로 뵙겠습
니다
걱정하지 마세요

한 모금

한 모금의 연기가
하늘 높이 재가 되어서
날아갔습니다

마치 옛날의 님이 그랬던 것처럼
머리 풀고 한 줌 연기가 되어
내 곁을 떠난 후에 느꼈습니다

얼마나 사랑했는지
이제 와서 후회해 봤자
소용없는 사랑의 연기이지만

해바라기의 사랑

지금 사랑하는 님은 어디에 있을까

그 밝고 열정으로 넘치는 얼굴은

내 눈에는 어두움이 두려워하여

깊은 먹구름 속 세상으로

떠난 후에 안 오시는 매정한 님

님이시여, 사랑하는 님이시여

내 해바라기 꽃이 죽은 후에

제 세상은 없습니다

죽기 전 하루만 먼저 오세요

그 해맑게 웃는 미소의 얼굴을 보고 싶어요

해바라기 꽃의 마음처럼

언제가 행복한 꿈처럼

님이 바라던 세상이 오면

저의 마음에 꽃몽우리가 생기기 전까지

당신의 해바라기 꽃이 되어서 기다리겠습니다

향기 속의 얼굴

지금 사진으로 보고 있어도
만지고 싶은 얼굴

내 옆에 항상 있었는데
지금은 향수의 향기처럼 사라진 얼굴

목이 터지게 부르고 불러 보아도

바람 속의 허공
스치는 내 이름만이 나를 부른다

엄마, 엄마

흰 나비

봄이 왔다
길거리마다 꽃이 활짝 피는
봄이

나비들이 춤을 추고
온 동네 마을마다
이젠 막 시작하는 봄길을

축제하듯 꽃길 따라
춤추고 있는 듯이 날아가는
노랑나비와 호랑나비들

하지만 내 눈에 보이는 건
불효자식 걱정 때문에
하늘나라에서 환생되어 오신

엄마의 머리 색깔과 같은
흰 나비만 보인다

2부

겨울 허수아비

이제는 보기도 힘든
시골 촌구석에도 없는
지푸라기로 만든 허수아비

이제는 참새들도 비웃으며
머리 꼭대기 위에서 날아다닌다
허무한 인생

얼어붙은 바다에서 붉은 태양이 봄을 기다리며
파릇파릇 솟아나는 새싹들의 미소를 보며
허수아비의 텅텅 빈 겨울이 가고 있네

그리움의 무게

그리움에도 무게가 있다면
내 그리움은 얼마나 무거울까

아무리 무거워도
그동안 내 삶은 허무한 연기

추억이라는 바다 위에 떠 있는 건
그리움의 연기보다

뼈저린 추억의 무게가
너무도 무겁기 때문에

추억의 바닷속 깊이 가라앉아 있습니다

날고 싶은 마음

나는 새가 되고 싶다

하늘 높이 자유롭게 날아다니고 싶다

하지만 나는 천사도 아니고 악마도 아니다

내 등에는 날개가 없다

날고 싶은 마음으로

하고 싶다, 하늘 높은 곳에서

뛰고 싶다

번지점프로 새들의 마음을

느끼고 싶다

네모 얼굴

너는 그냥 지켜볼 뿐
내가 외로울 때
항상 내 앞에서 나를 지키고 있네
내가 먼저 말을 할 때까지
그냥 아무 말도 없이 서 있을 뿐

너는 한 번
입을 열면 끝도 없이
하루 종일 수다만 떨고 있는
수다쟁이 검은 바보상자일 뿐

고맙다, 친구야
그토록 오랫동안 내 말벗이 되어서

막걸리 한잔과 빈대떡

내가 언제 먹었습니까
몇 년 전까지만 해도 먹었는데
지금은 왜 못 먹고
한때는 내 즐거운 낙이었는데
내 친구들과 같이 먹어도 좋고
외로운 비 오는 밤에 고독을
안주 삼아 먹어도 좋았는데

지금은 아득한 추억의 냄새
즐거울 때도 외로울 때도
마시고 먹었던
내 친구와 같은 막걸리 한잔과 빈대떡을
지금은
옛 시인의 노랫소리와 같은 꿈속의 맛

바보의 세월

하느님, 용서하여 주옵소서
아무것도 모르면서
인생의 한을 다 가진 것처럼
살아온 바보를 용서해 주시옵소서

나는 바보입니다
사랑의 세상을 모르면서
평생을 살아왔습니다
사랑의 마음들이 더 많다는 것을

얼마나 멀리 가 버린 시간들인데
지금에 와서 열었던 판도라의 상자처럼
허공 속의 연기처럼, 꿈속에서도
이젠 잡을 수도 막을 수도 없는 허망한 세월

비 오는 어린이날

아침부터 햇님의 얼굴이
시커먼 구름 속에 숨어서
술래잡기하듯이 나오지 않네

5월 5일 어린이날
지금은 몰라도 내 어린 시절에는
손꼽아 기다리는 날들 중 하나

겨울에는 산타 할아버지 선물을 기다리고
장미꽃이 활짝 핀 봄의 끝자락에서는
아버지의 목마 타고 새끼 호랑이 보러 가자고
새끼손가락 걸고 약속했던 날

추억의 어린이날
하지만 오늘 같은 날씨에는
말짱 도루묵, 꽝
방구석에서 바보상자하고
하루 종일 노는 날

비 오는 추석의 밤

아침부터 반갑지 않은 손님이 오네
밤에는 오지 말아 다오
해맑은 옛사랑의 달덩어리 같은 얼굴
밝고 둥근 한가위 달님을 볼 수 있게

한가위 오늘 밤의 달덩어리는
검은 구름 속에 숨어서 숨바꼭질을 하는 듯
겁쟁이의 추석 보름달

빈센조

마피아, 그들의 우두머리를 뜻하는 말 '보스'
과연 그들은 진짜 악당의 자격이 있을까
부정부패를 직장으로 하는 악마의 직업
사람의 목숨을 파리 목숨처럼 여기는
그들이 나오는 영화를 보면 잔인하면서
왠지 모르게 통쾌한 이유는 뭘까
나는 이 몸으로 죽었다 깨어나도
못 하는 일들을 하는 것
'악마가 악마를 죽인다'라는 말과 같은

나도 되고 싶다, 진짜 악마의 왕으로

드라마에 나오는 마피아 빈센조가 되고 싶은 마음

사라져 버린 달력

이젠 세 장만

남아 있습니다

빨리 사라져 버린 벽에 걸린 달력

푸르던 나뭇잎들

어느새 노랑 옷, 빨강 옷으로

갈아입은 계절이 왔습니다

어떤 노랫말과 같은 잊혀진 계절이

시작을 알리는 시월이

낙엽 밭의 덕수궁 돌담길을 걸었던

님의 그림자처럼 사라져 버린 시절

찢겨져 날아간 달력 같은 인생

성탄절

오늘이 무슨 날인지
삼척동자도 알고 있다
거룩하신 하늘 아기님의 생일

하늘 높이 울려 퍼진 종소리
거리에 연인들의 웃음소리와
캐럴 음악이 즐겁게 들려온다

신나고 즐거워하는 그들을 보면서
울고 있는 성냥팔이 소녀의 가슴과 같은
아무도 모른 외톨이의 성탄절

세발자전거

한 발로는 못 갑니다
두 발로는 갈 수는 있어도
비틀비틀 아슬아슬
꽝꽝 부딪히고 넘어져
깨지고 아픈 상처
골병든 추억의 흉터만이 남아 있습니다
그래서 난 세발자전거

시간의 행진

여기 어디 있나
시간이라는 전쟁터에서
벌어진 허무한 공간

전쟁터에서 싸우고
죽이는 이유도 모르는 채
시간의 세상에서

무조건 전진하라는 말
후퇴라는 말은 없으니까
대장의 명대로 행진할 수밖에 없는

수많은 쫄병들의 청춘
시간 속에 허무하게 날려 버린
내 청춘의 행진, 그만 멈추어 다오

악마

정의를 위해 악마를 잡는
옛날이야기에 나온 정의의 기사들

하지만 악마를 모두 다 잡으면
진짜 나쁜 인간들은

그 누가 벌을 주겠습니까

원수를 사랑하라 하느님의 말씀과
부처님의 자비의 마음으로 살아가는 인간은 없습니다

그나마 죄지은 인간들이
제일 무서워하는 건

지옥의 불구덩이 속으로 잡아가는
악마들뿐

오징어게임

숨바꼭질, 다방구, 골목길에서
내 어린 시절 동무들하고
재미있게 놀았던 놀이

하지만 내 편은 없는
그저 수비만 하는
오징어게임 속에서 깍두기 노릇만 하고 있다

싫다, 싫어
나도 공격을 하고 싶다
방어만 하다가 죽는 노릇

간신히 두 발로 서 있는 것도
힘든 나는
영원히 깍두기만 하고 있다

주막에서

먼 길 떠도는 나그네

어디에서 왔나

수천 리 길을 하염없이

낮에는 햇님을, 밤에는 별님을 벗 삼아

떠돌다가 지쳐 버린 심신

포근한 사랑방처럼 잡는 곳

따뜻한 국밥 한 그릇과

시원한 탁주가 있는

주막에서 쉬고 있는 나그네

한 권의 책

내 인생에 남은 것은
이젠 없는 것 같습니다
개구쟁이 때 가지고 놀았던
내 어린 시절과 같이 잃어버린 구슬과 딱지
님에게 사랑한다고 꽃다발과 같이 한 첫 고백
추억밖에 남은 것이 없다

나에게 사랑하는 사람들을 위해
쓰고 있는 내 인생의 최고의
책 한 권이 남아 희망을 주고 있습니다
나는 대만족

해피 엔딩

옛날에 보았던 슈퍼 히어로 영화
주인공은 아무리 맞고 터져도
죽을 고비에 지옥문이 코앞에 있을 때에도
정의를 위해서 당당하게 악당과 싸우는
슈퍼 히어로들의 모습

반드시 살아남아 끝내 승리하는 주인공처럼
나도 주인공이 되고 싶다
언제까지나 패배만 하는 슬픈 악당은 되기 싫다
내 인생의 영화는 지금부터 멋진
마동석이라는 히어로가 되어
마지막까지 해피 엔딩으로 끝내고 싶다

호기심

어릴 때는 모든 것이
궁금하고 가지고 싶고
어른들에게 물어보기 바빴는데

사춘기 때 이성에 호기심으로
선생님 몰래 아이들과 보았던
야한 잡지와 비디오

나이를 먹고 모든 것을 알고
세월의 시간처럼 이젠 호기심마저
흐르는 바람이 되어 멀리 날아갔습니다

만약 내가

내가 장애인으로 태어나지 않았더라면
만약 인간 말고 동물로 태어났더라면
지금보다는 좋았을까, 아니면 안 좋았을까

그것은 오직 하느님만 아는 법
하찮은 내가 알든 모르든
세상은 그냥 돌고 있겠지

그런데도 알고 싶은 욕망
열리지 말아야 했던 지옥문이 열린다 해도
궁금하다, 만약 내가

3부

1월의 봄

1월은 호랑이도 벌벌 떨게 만들어 놓는
꽁꽁 얼어붙은 동장군님의 계절
나도 얼어붙은 마음으로 내가 만든
동굴 속에서 겨울잠을 자는 새끼 곰과 같은
인생으로 살아왔습니다

지금 내 꿈속은
따뜻한 사랑이 있습니다
꽃의 동화처럼
1월의 봄이 오고 있습니다

조그만 갓난쟁이의 첫걸음마 발자국과 같이
1월의 봄

가장 쉬운 일

이 세상에서 가장 쉬운 일
가장 본능적인 일

숨 쉬고 먹고 자고 하는 일
가장 근본적인 일들조차

나한테는 제일로
힘들고 고통이고 어려운 일

겨울을 부른 비

창문 너머 방울과 같은 하늘비가 오고 있다
내 눈물도 함께 흐르고 있다
이유, 느낌도 없다
주르륵 주르륵 하늘에서 시작되어 땅끝까지

슬픔, 아픔도 느끼질 못하는
창문을 두드리는 허무한 노크 소리
이 눈물이 멈추면 차가운 공기만
외로운 나그네의 발걸음을 더욱 무겁게 만들고 있다

추운 겨울 노래의 첫 소절이 시작된 비의 몸부림

고맙습니다

누구나 사람마다 감사하는
사람이 있습니다
그러나 저에게는 이제껏
원망하는 사람이 더 많았습니다

저를 이 세상에 만들어 주신
하느님과 부모님을 원망하며
반세기 동안 살아왔습니다

그러나 지금 너무도 감사하는 사람이 있습니다
아무리 자신의 일이지만
나를 위해 발 벗고 도와주신
그분, 날개 없는 천사와 같은
장애인 활동 보조 선생님들
그리고 우리 누나, 사랑합니다

진정으로 고맙습니다

그림자의 꿈

밝은 빛이 되고 싶습니다
더 이상 어두운 님 뒤에 숨어 있는
그림자로는 살 수가 없습니다
한순간이라도 좋습니다
밝게 빛났다가 더 밝은 태양 속에 묻혀서
죽어도 좋습니다
블랙홀로 빠져서 없어지는 작은 별의 그림자
꿈이 아니라 하루만이라도 태양으로 살고 싶습니다

길치

나는 길치
똑같은 왔던 길만 알고
같은 방향으로만 알고 가는 길치

돌아가는 방법도 모르고
빨리 갈 수도 있는
지름길도 모르는

오로지
내가 알고 있는 길만 걸어가는
평생을 살고 있는 인생의 길치

꿈입니까

아직까지 꿈속입니까
멍하니 하늘만 보고 있네
나에게 이렇게 기쁜 날도
있었는가 이것이 진정
꿈속이라면
태양이여 아주 멀리 가라
아니며 영원히 동해 바다 속에서
솟아오르지 말고 잠자고 있어라

누군가 보고플 때

누군가 보고플 때
나는 하늘을 본다
밝은 태양을 보면
미소 짓고 있는 그녀를 보듯이
내 마음도 밝아진다

우울할 때는
나는 바다를 본다
그 누군가의 사랑처럼
포근히 안아 내 가슴의 흉터를
아물게 해 준다

땡큐 잔소리 천사님

하루 동안 내가 말을 얼마나 했습니까
내 입은 아침에 눈뜨자마자
아름다운 천사의 빵을 먹고
대문을 닫고 살아왔습니다

천사의 마음도 모르고 내 입은 그저
동물의 본능으로 존재했습니다
세상과 말하기 싫어서
내가 말해 봤자 이 세상이 변할까

하지만
열리고 있네 아름다운 종소리 때문에
잔잔히 흐르는 시냇물처럼
동물의 본능이 아닌 사람의 목소리로

하느님과 천사의 세계를 보면
이제는 수다쟁이로 변신한 나를 보면
얼마나 좋은 천국이라는 것을 보면

고맙습니다
나의 잔소리 천사님

3부

또 하루

또 하루가 왔습니다
허무한 꿈속에서
눈을 떴습니다

눈부신 햇살
평화롭게 웃고 있는 참새들
나를 조롱하는 듯 웃고 있다

또 하루가 가고 있다
비참한 세상에 버려진
괴로운 나의 하루

모릅니다

배우고 공부해도
한 줄의 정답을 모릅니다
인생의 오답만 쓰고 있습니다

싸우고 또 죽이는 이유도 모르고
옛 로마 영웅의 뒤를 쫓아
이 세상이라는 전쟁터에 버려진

이름 없는 수많은 쫄병들 중
한 명이다

물어볼까요

지금 행복인가

이제는 기쁨일까

나는 나에게 물어보고 싶어

행복입니까 아니면 불행입니까

슬픈 노랫말과 같은 눈물

어느 쪽을 선택해도

당신 책임이 아니라고 말할 수 있냐

묻고 또 물어볼게

기뻐서 울었던 슬퍼서 울었던

모두 똑같은 눈물이지

다시 한번 물어볼게

지금 내 눈에 흐르고 있는 눈물의 의미는

무슨 이유로 흐르고 있을까

바보상자 2

이 세상 모든 것이 여기에 다 있네

내가 알고 싶은 것

내가 보고 싶은 것

작은 상자와 길지 않은 끈들

쥐새끼 한 마리만 있으면

만사 OK

천재들이 만들어 낸 21세기 최고의 명품

하지만 1+1도 모르는

인간들을 더욱더

바보로 만들게 하는 최고의 폐품일 뿐

그의 이름은 천재라는 뒤에 숨은

작은 바보상자

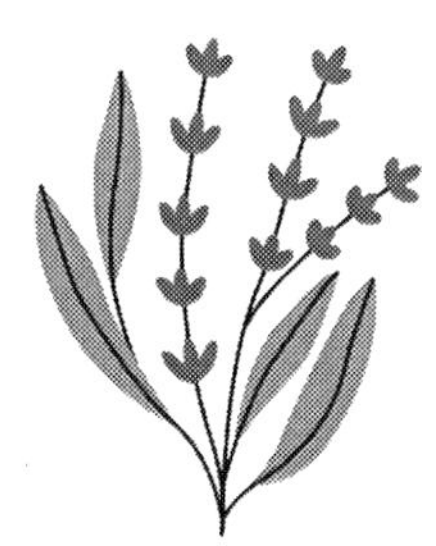

밤에 떠나는 열차

아무나 못 탑니다
사연이 있는 사랑만
이 열차를 탈 수가 있습니다
달콤한 키스와 같은 첫사랑의 이야기들
뼈저린 아프고 아픔 마지막 사랑의 이정표와 같은
밤 열차와 같이 떠난 님을 위해 오늘 밤도
베틀 위에 짜고 있는 그리운 이별의 사연들
슬픈 옛날이야기 속의
나오는 인어 공주님의 물거품 사랑과 같은
기쁘고 아픈 사연들만 태우고 떠나는
밤 열차의 최종 종착역은 목 놓아 불러 보고 싶은
달님이 살고 계신 별빛의 가로등이 빛나는 하늘역

밤의 메시지

아파트 건물들이 이 밤에
깜빡깜빡 하나둘씩
눈을 뜨고 있네

왠지 슬픔 메시지를 주는
눈물로 보인다
나 혼자만이 느끼는 가슴 느낌

보고 있네 밤의 메시지를
울고 있는 나의 야경

별의 기차

반짝반짝 빛나는 별과 같은 기차역의 불빛
하트 모양의 별빛 날개에 서면 나는
하얀 천사도 되고 불타는 붉은 악마도 되는
천국과 지옥이 공존하는 작은 기차역

나는 어디로 가라고 여기에 있냐
달달한 카라멜 마끼아또와 같은
천국의 가는 기차역에서 별의 첫 기차를 기다리고 있냐
차가운 아이스 아메리카노처럼 쓰디쓴
지옥으로 가는 마지막 열차를 출발 대기 하고 있냐

기차역에서 별나라로 기차를 기다리고 있는
나는 마지막 여행객

보청기

들리지 않습니다

아침에 시끄럽게 떠드는 참새의 소리

점심시간 놀이터에서 웃고 떠들고 있는

꼬맹이들의 노는 소리

저녁에는 하나 둘 깜빡이는 가로등의 불빛 소리

행복한 연인들이 밤에 하는 사랑 그 행복한 소리

나는 안 들리는 척하고 살았습니까

행복한 소리를 들으면 더욱 외로움

이제 듣고 싶다

아침부터 새벽까지 기쁨의 소리

언제까지 들을 수 있다

사랑하는 사람들의

마음을 들을 수 있는

행복한 사랑의 보청기로

빛과 그림자

우리는 동반자
나는 너가 없으면 못 살고
너도 내가 있어야 밝은 존재

우리는 원수 사이
너는 내 앞에서 밝은 빛으로
나를 비웃고 있네

그렇게 나는 항상 너의 뒤에
어두운 세상 속에 갇혀 사는
그림자

사냥

난사를 하고 싶다
나의 비참한 세상을 향해

사냥하고 싶다
악마의 속삭임처럼
내 심장을 사냥하고 싶다

바보가 되어 가는 나에게
방아쇠를 당기고 싶다

4부

슈퍼 스타

누구나 꿈꾸었던
영웅처럼 되고 싶은 마음
슈퍼맨처럼
스파이더맨과 같이
지구를 구한 슈퍼 영웅들

나도 되고 싶다
미리내라는 하늘바다에서
가장 빛나는 별이 되고 싶었지만
지금의 내 몸으로는 슈퍼 스타가
될 수 없는 작게 빛났다가
떨어진 이름도 없는 별똥별들 중 하나

슬픈 인연

새로운 인연 만들기도 쉽지 않았는데
한 번 맺은 인연 단칼에 끊기도 너무 어렵다
그래서 슬픈 인연은 더 이상 만들고 싶지 않다

이 세상이 끝날 때까지
내가 죽어서 엄마 보러 갈 때까지
인연의 이별은 그만하고 싶습니다

오늘따라

오늘 밤 쌀쌀한 느낌이
든 이유는 무엇 때문에
창문 사이로 들어오는
바람 소리 허무한 공간 속
외로운 가슴과 슬픈 마음에

오늘따라 바람과 같이
가로등 불빛들이
너무도 가슴 아프게 울고 있네
죽은 자들의 곡소리처럼
창문 틈 사이로 들어오네

외로움

혼자 있어도 둘이 있어도
말할 수 없는 나만이 느낀
그리움

밤거리를 밝히고 있는
수많은 네온의 불빛들
또 어디로 어느 곳으로

길거리에 돈을 뿌리며 다녀 보아도
하룻밤 사랑의 유혹일 뿐
한 줄기 터져 나오는 외로움은 막지 못합니다

우리는 가족

처음에는 이용인과 활보 선생님으로 만났습니다

조금은 어색해서 말도 못 하고

내 첫마디 말은 그저 아줌마였죠

누나는 선생님도 아닌 편한 누나라고 해

그 말뿐 내 마음이 열릴 때까지

엄마 같은 마음으로 끝없이 지켜 주었습니다

진짜 엄마가 환생하여 돌아오신 느낌

만약 우리가 만나지 못했으면

나는 진짜로 죽어서 천국의 계신 엄마도 못 보고

지옥행 KTX 타고 갔을 겁니다

5년 동안 싸우기도 많이 싸웠고

기쁘고 좋은 일도 많았어요

50년 아니지 500년 같이 가요

그동안 가족 엄마 누나처럼

영원히 함께해요 누나와 나 우리는 한 가족

우리들의 이야기

누구나 말할 수 있어

또 누구나 화도 낼 수 있어

하지만 그 말과 성난 분노는

이야기로 만들 수는 없어

꿈꿀 수 있는 사람만이

만들 수 있어

분노로 터지는 감정을 이길 수 있는 희망들이

우리들의 이야기로 만들 수 있어

희망의 미래로 그리고 꿈의 이야기로

만들어 봐요

원망

하늘의 신 제우스를
원망합니까

바다의 신 포세이돈을
원망할 수 있나

이것 다 자업자득
인간의 욕심이 만든 세상

신들도 책임을 질 수 없게 만든 세계
누구를 원망하겠습니까

장마 같은 가을비

쓸쓸한 가을비가 하늘 끝에서
하늘강 너머 대지 위로 쏟아지고 있다
오늘 밤만 내리고 내일은 내려오지 말라
똑같은 기도를 어젯밤에도 그제 밤에도
하느님께 기도했었는데 무서운 여름 장마보다
더욱 무섭게 내리고 있다

장미꽃

계절의 여왕이라고 부르는 5월
뜨거운 태양 너머로 사라지고 있다

꽃의 여왕이라 부르는 장미
재 넘어 서쪽 산으로 붉은 노을처럼 지고 있다

죽어 가는 인간들과 같이
새빨강 피와 같은 장미의 꽃잎

이젠 하나둘씩
떠날 준비를 하고 있다

조용한 새벽 비

조용한 새벽의 하늘 비가 내린다

가끔 눈을 뜬 아파트가

나에게 윙크를 하듯

깜빡깜빡 불빛들의 한 줄기처럼

허공 속의 허무한 내 가슴

또 듣고 있다 슬프게 외치는

새벽 아기의 눈물 옹알이를

아무것도 보이지 않는 새벽에

내 시계만이 밝은 아침으로 가고 있다

지금의 나

나는 행복입니까

아니면 불행입니까

방바닥에서 그 무엇을 찾아서

열심히 행진하고 있는 바퀴벌레들

과연 행복한 마음으로 열심히 찾고 있는지

아니면 삶의 원초적 본능이 시키는 대로

살아가고 있는지

그들에게 물어보고 싶다

나는 행복 아님 그저 살아가는 본능의 행진일까

하늘꽃

검은 새벽
하늘 높이 울려 퍼지는
제우스의 눈물로 그린 빛의 꽃

무슨 슬픔이 그리도 많아
목 놓아 통곡하고 있습니까
하늘 눈물로 그린

그림처럼
울려 퍼지는 베토벤의 운명처럼
빛의 하늘꽃이 피었다가 통곡만 남기고

너무 빨리 시들어 버린 아름다운 하늘꽃

허공 속의 꿈

또 꿈을 꾸었습니다
날개가 있어 하늘 높은 줄 모르고
꼭대기까지 나는 꿈
그런데 아무리 날아가도
끝이 보이지 않네
숨이 차고 힘들어서
포기하고 땅바닥으로
떨어져 피투성이로 만신창이가 됐어도
무슨 한도 많고 미련도 많아서
긴 목숨줄 잡고 있냐
차라리 이대로 허공 속 꿈에서
영원히 잠들고 싶다

황금 마차

내 앞에서 달리고 있는
황금으로 만든 마차
아무리 쫓아가도 쏜살같이
달려갔네

내 뒤에서 쫓아오는
똥차에게도 추월당하게 생긴
너무도 늦게 달리고 있는
내 황금 빛깔의 마차

김기태 : 세상의 편견과 한계를 뛰어넘는 독창적인 시선과
언어로 자신의 삶을 묵묵히 써 내려간 용재 형의 노력이
마침내 결실을 맺게 된 것을 진심으로 축하하고, 장애를
장점으로 승화시키는 형만의 아름다운 울림이 앞으로도
계속되기를 기대하며 늘 응원할게!
시집 출간 다시 한번 축하해, 형!

김선순 : 축하합니다.

계기석 : 오랜 세월 외로움과 고단함 속에서도 시를 향한
마음의 불씨를 지켜 오신 용재 형님! 그 불씨가 단어가 되
고, 문장이 되어 한 번 더 세상에 내보이신다니 참으로 존
경스럽습니다.
형님의 시는 형님이 살아온 모든 날의 증명이기도 하지만,
또 누군가에게는 분명 따뜻한 위로가 될 것입니다.
지금까지 살아 내신 길도, 앞으로 더욱 힘차게 내딛으실
길도, 모두 응원합니다. 소중한 삶을 함께 나눠 주셔서 감
사합니다!

박성연 : 용재 님, 드디어 시집 출간하게 되신 것을 진심으로 축하드립니다!
용재 님의 시가 많은 독자들의 마음을 어루만지고, 메마른 일상에 촉촉한 위로와 깊은 울림을 선사할 것이라 확신합니다.
용재 님의 시집 출간을 다시 한번 축하드리며, 앞으로 펼쳐질 시인으로서의 빛나는 여정을 항상 응원하겠습니다!

박승진 : 용재 님, 축하해요. 또다시 두 번째 작품을 완성했네요. 살면서 뭔가를 이룬다는 건 참 뜻깊은 일인데 멋지시네요. 축하드려요~

서희주 : 두 번째 시집 발간을 진심으로 축하드립니다.
용재 님만의 세심한 시선에서 피어나는 문장들을 다시 읽을 수 있음에 감사드립니다.
앞으로의 걸음에도 응원의 마음 전합니다.

<h1 style="text-align:center">응원글 2</h1>

서지은 : 시집 출간을 진심으로 축하드립니다. 용재 님의 시를 통해 마음속 깊은 이야기와 삶의 온기를 느낄 수 있었어요. 한 줄, 한 줄의 시가 용재 님의 삶과 닮아 있어, 읽는 이들에게 따뜻한 울림을 전합니다.
죽을 때까지 시를 쓰겠다는 용재 님의 다짐과 그 여정의 모든 순간을 진심으로 응원하며, 앞으로도 세상에 오래도록 기억될 시들을 들려주시길 바랍니다.

송경호 : 목표를 향하여 최선을 다하는 누구보다 건강한 정신을 가진 당신에게 박수를 보냅니다.

송민영 : 두 번째 시집 축하해요. 앞으로도 많은 좋은 시 부탁드립니다.

송혜정 : 호주머니 사업을 통해 '시인 김용재' 님의 역량이 강화되고, 소통을 통해 용재 님의 이야기를 전할 수 있었던 의미 있는 시간이었습니다.
두 번째 시집 발간을 진심으로 축하드리며, 용재 님을 가까이에서 지원하고 함께하며 행복과 꿈을 느낄 수 있어 매우 뜻깊은 시간이었습니다. 감사합니다.

양연실 : 용재 님~ 드디어 두 번째 시집이 나오다니, 정말
멋지세요!
진심으로 축하드리고, 앞으로도 용재 님 시를 계속 읽고
싶어요~ 늘 응원합니다!

이동규 : 축하합니다.

임진아 : 용재 님의 시집『바보의 세월』은 단순한 글의 묶
음이 아니라, 스스로 선택하고 만들어 낸 삶의 목소리입
니다. 올해 호주머니 자기 주도 개인 예산을 통해 자신의
삶을 직접 설계한 용재 님의 용기와 상상력에 깊이 박수
를 보냅니다.
이 시집이 누군가에게는 위로가 되고, 누군가에게는 새로
운 삶의 가능성을 여는 ‘문’이 되기를 바랍니다.
용재 님의 다음 걸음도 언제나 응원하겠습니다.

이승분 : 축하드립니다. 2편의 메인 제목이 궁금해지네요.
용재 님 시편을 읽을 때마다 존경스러운 맘과 ‘대단하시
다’ 생각하면서 반성도 해 봅니다. 발간되어 베스트셀러
인기 시집으로 대박 나길 기원합니다. (사인 꼭 해주세요!)
앞으로 3, 4, 5편 기다리고 있겠습니다.
시인 김용재 님, 다시 한번 축하드립니다!

응원글 3

정해중 : 축하해.

정금구 : 내 친구 용재야, 어느새 두 번째 시집을 출간하는구나.
너도 진정한 시인이 되어 가는 것 같구나. 축하하고, 대박 나길 바랄게.

최순국 : 용재 님, 시집 내서서 축하드려요. 멋진 시집을 만드시길 기원합니다.

최현식 : 김용재 작가님의 두 번째 시집 발간을 진심으로 축하드립니다.
세상을 바라보는 작가님의 순수한 시선과 깊은 마음이 시 한 편, 한 편에 고스란히 담겨 있어 큰 울림을 전합니다.
앞으로도 작가님의 목소리가 더 멀리, 더 깊이 퍼져 많은 이들의 마음을 밝혀 주길 응원합니다.
이번 시집 발간이 또 다른 아름다운 시작이 되기를 바랍니다.

최미영 관장 : 눈처럼 깨끗한 마음으로
첫눈의 설레임으로
봄눈의 숙명처럼
쓰여진 용재 씨 시는
늘 큰 울림을 줍니다.

용재 님 잔소리 천사 : 용재 님의 두 번째 시집 발간을 진심
으로 축하합니다.
앞으로도 용재 님만의 좋은 시를 많이 쓰시고, 항상 건강
하고 행복하시길 바랍니다.
더 멋진 시인이 되시길 응원합니다.
김용재 님, 사랑합니다.

두 번째 시집이 나오기까지

　신세계중랑장애인자립생활센터 '호주머니' 사업을 통해 '시인 김용재'로서의 역량을 키워 가는 시간 속에서 만들어졌습니다.

　글을 쓰고, 생각을 나누고, 스스로 선택하는 과정을 거치며 두 번째 시집을 낼 수 있다는 꿈에 한 걸음 더 다가갈 수 있었습니다.

2025년 자기옹호·자기주도 개인예산 학습협력 그룹 조직 사업 '호주머니' 안에서 함께한 속주머니 모임, 복주머니와 다정한 친구들 그리고 시집 출판을 위해 마음을 보태주신 모든 분들.

또한 텀블벅을 통해 응원해 주신 여러분의 지지 덕분에 이 시집은 세상에 나올 수 있었습니다.

후원자 명단

계기석, 김동찬, 김상진, 김성기, 김영남,
김점숙, 김종환, 문혜란, 박덕순, 박성연,
박숙희, 박승진, 박태환, 방애란, 백춘화,
서지은, 서희주, 손혜자, 송민영, 송혜정,
신익희, 안지민, 양연실, 양유미, 양인화,
양준혁, 이승분, 이승훈, 이인선, 이춘숙,
이현준, 임진아, 정금구, 정동기, 정해중,
제이든, 조선미, 허진옥

이 시집의 표지에 있는 허수아비는 한때 쇠창살에 꽂힌 채 한 방향만 바라보고, 머릿속엔 지푸라기만 들어 있다고 느껴 왔던 김용재 시인의 모습에서 비롯되었습니다.

하지만 허수아비는 오즈의 마법사 속 이야기처럼 혼자가 아닌 동행 속에서 어려움을 겪고, 길을 배우며, 스스로 지혜를 만들어 가는 존재이기도 합니다.

두 번째 시집 『바보의 세월』에서 '바보'는 타인이 아닌 김용재 자신을 가리킵니다. '세월'은 그렇게 바보라 불리며 살아온 시간들, 상처와 흔들림 그리고 그 안에서 차곡차곡 쌓여 온 삶의 기록입니다.

이 시집은 그 시간을 외면하지 않고, 온전히 견디고 통과해 온 삶에 대한 정직한 기록입니다.